노랑 하모니카

노랑 하모니카

—

초판 1쇄 2017년 1월 13일
지은이 성산문학아카데미
펴낸이 김영재
펴낸곳 책만드는집

주소 서울 마포구 양화로3길 99 4층 (04022)
전화 3142−1585·6
팩스 336−8908
전자우편 chaekjip@naver.com
출판등록 1994년 1월 13일 제10−927호
ⓒ 성산문학아카데미, 2017

—

ISBN 978−89−7944−594−7 (03810)

성산문학
아카데미
2017
창 간 호

노랑 하모니카

책만드는집

| 차례 |

정태열

최도임

최순희

선담仙潭가에서
－ 성산문학아카데미 창간에 부쳐

김필곤 시조시인 · 차문화평론가

성품도 맑으려면 하늘만큼 맑아야 하고
마음도 고우려면 청산처럼 고와야지
아무렴 문학도 하려면 푸른 계곡의 맑은 선담.

향노루 향노루 노니는 달빛 환한 달빛산에
바위틈 돋아난 옹달샘 천 길 절벽을 흘러내려
이다지 고즈넉한 못물 선담 하나를 만들었네.

하늘도 땅도 사람도 드높은 빛이 없어봐라
빛 속에 녹아 흐르는 오묘한 향기가 없어봐라
선담에 그 얼비치는 빛과 향기의 '성산문학아카데미'.

늦었다고 생각할 때가 빠른 것이다

21세기는 문화시대입니다. 자기에게 맡겨진 삶에 바빠 뒤돌아볼 여유도 없이 살아온 반세기를 가슴에 아쉬움으로 남겨두지 않고 용기를 내어 도전하는 곳, '성산2동 주민센터 생활글쓰기반'은 2015년 7월 문을 열었습니다. 머리는 은발이지만 총총한 눈빛이 돋보이는 열 명의 어르신 학생들이 모여 생활에서 경험한 것들을 글로 쓰기 시작하였습니다. 이제 1년 6개월이 되어가고 있으며 그동안 쌓아온 결실이 등단이라는 열매로 맺혀가고 있습니다.

열 명의 어르신들은 봄가을 야외 수업과 백일장 참가를 통해 위상을 떨치는 시산을 삿기노 하였습니다. 8개월을 지낸 어느 날, 마포구정신문에서 인터뷰 요청이 들어와 구정신문에 생활글쓰기반 기사가 실리기도 하였습니다.

생활글쓰기반이, 물질적으로는 안정이 되었지만 나이 들어가며 불안과 상처로 얼룩졌던 마음을 치유해주는 좋은 벗이 된다고 학생들은 기뻐합니다.

　이제 '성산문학아카데미'란 이름으로 창간호가 발행됩니다. 우리 생활글쓰기반 학생들에게 문향을 펼치는 좋은 계기가 되길 바랍니다.

-2017년 1월
서울시 마포구 성산2동 주민센터
생활글쓰기반 강사 김선희

김영희

성산2동 주민센터 생활글쓰기반 회원.
성산문학아카데미 회원.

:

만원

엘리베이터 열리는 문
달려가는 사람들

머리부터 디밀며
뒤엉켜 아수라장

올라타
석상이 되는데
만원입니다, 만원…

서로들 모르는 척
객쩍은 먼산바라기

만원을 움켜쥐듯
버티면서 모르쇠

마지막
몸을 부린 아줌마
안절부절 내버리는 만원

엄마, 엄마 울 엄마

몽당연필처럼 닳아진 엄마의 몽당 키
손등은 코끼리 등짝처럼 거칠고
두 팔로 노를 저으며 엉덩이로 걷는 엄마

쓰다, 쓰다 인생살이 너무도 쓰다
삼 남매 힘겨운 짐 굴레 쓰고 살아온 훈장
이마에 석 삼 자 주름살 어느 장식보다 귀하다

초년 과부 설움을 동이에 담았더니
눈물이 강을 이룬 엄마의 아린 삶
아직도 당신의 이름은 엄마, 엄마 울 엄마

참을 수 없는 비명

먹구름이 토해낸 물방울 내리꽂다
투두둑 타다닥 물방울 부서져
소리로 동그라미가 그려져 비 내린다

열대야 잠 못 이루는 밤 빗소리 자장가처럼
스르르 눈꺼풀이 잠을 부르고
빗소리 내려앉을 때 아우성대는 소리

가시나무 위에서 자장가 부르나
돌 위에 가릴 것 없이 부딪혀 부서지는 마음
참기가 어려운 비명 애끓는 빗소리

비 내리는 한밤중

낙숫물을 베개 삼아
단잠을 청하지만

천둥은 울어대고
시샘하는 빗소리에

하얗게
지새우는 밤
속울음 소리가
더 크구나

손자의 재롱

하무니… 할머니를 부르는 손주의 말
두 손 모아 내밀고는
까까 죠~~ 하무니, 아얏지…

놀이터 가자 할 때나
어부바 하자 할 때도
바짓가랑이 흔들며 아얏지…

그래
내 등을 내주마
우리 집 귀염둥이

송성례

어린이집 보육교사.
성산2동 주민센터 생활글쓰기반 회원.
성산문학아카데미 회원.

나무의 일생

봄이면 햇살 받아 입맞춤 속에 싹이 돋고

여름 되니 시원한 숲 그늘 쉼터 되네

가을엔 색동옷 갈아입고 나들이 가더니만

어느새 겨울 따라 바람 따라 데굴데굴

옷가지 훌훌 던져버리는 욕심 없는 너

돌아올 봄을 위해서 이별도 화려하다

미래가 보인다

밤사이 비가 계속 오더니
날이 밝아오니 환하게 웃는 날씨

놀이터 입구에는 알록달록 풍선 아치
여러 나라 태극기가 날리고 솜씨 자랑하는 날

어린아이들과 선생님들 모든 정성 쏟아내니
부모님들 눈을 떼지 못하고 발길 멈추네

엄마 아빠 손잡고 얼굴엔 웃음을 머금고
내 작품 어디 있나 둘러보면서
소라 피리도 불어보고 페이스페인팅도 하고

한 손엔 커다란 솜사탕
입맞춤하고 있는 우리 아이들
모습에서 우리의 미래가 보인다

내 친구 자전거

대문 열고 나가면 나와 함께 동행하는 나의 자전거
굴렁쇠 두 개가 돌고 돌아가며 가고자 하는 곳을 달린다.

급하면 급한 대로 느리면 느린 대로
페달을 밟아본다. 고마운 내 자전거

조용하고 한적한 길을 찾아
바람을 친구 삼아 꽃향기 맛보면서
씽씽 달려간다. 새로운 곳을 향하여

엄마의 사랑 보따리

구정을 쇠고 나면 엄마의 정과 사랑
쑥떡부터 콩가루 조청까지 날아든다
엄마는 사랑 보따리 보내며 당부도 한다

주고 또 주어도 더 주고 싶은 엄마 마음
아껴 먹지 말고 참기름도 듬뿍 넣어 먹으라고
이 세상 어느 누구가 이렇게 생각할까

눈만 뜨면 새벽부터 흙하고 얘기하는
육십이 넘은 세월 허리 다리 아프지만
자식이 보물이라고 지금도 밭과 산다

뭐가 그리 바쁠까

가을이 왔다고 야단들인데
뭐가 그리 바빠서
내 곁을 떠나려고 하니
잠시 더 머물다 갔으면 좋겠다.

감기란 애가 이 몸에 들어와
친구 하자고 해서 너희들을
만나지 못해서 아쉽구나.

노란 잎하고 악수하고 싶고
갈잎하고 속삭이고 싶고
빨간 잎하고 뽀뽀도 하고 싶구나.

너희들이 떠나려고 하니 쓸쓸하고
마음은 함께 거닐고 싶은데
가을은 잠시도 쉬지 않고 달려간다.
뭐가 그리 바쁠까.

임은순

전남 목포 출생.
전남여고 졸업.
성산2동 주민센터 하모니카 강사.
성산문학아카데미 회원.

사랑은

마음과 마음 사이에는
오작교가 걸쳐 있다

사랑은
늘
아쉬운 이별

비 온 뒤
방긋 웃고는
사라지는 무지개인가

내 사랑은

내 곁에서 한없이 멀어진 사람

다시 만날 날을 기약하며

우선은
고이 보내드리자

언젠가는 강물이 비구름 되어

온 천지로 범람하여 온 세상을 덮쳐도

내 사랑은
그대 향해 더듬더듬 찾아가리라

나의 아버지

어린이날이구나 하시며
학용품을 사주시던 우리 아버지
새삼 그 시절이 그립습니다
사랑으로 감싸주신 자상했던 어머니와 함께
큰 바위처럼 울림을 주시던 아버지

오월이 오면
꽃을 달아드릴 가슴조차 없는
빈자리가 너무 크고 아쉽습니다

팔 남매의 막내로 아기일 때
돌아가신 할아버지의 관 위에 오르셨다지요
눈시울이 붉어집니다

받아보지 못한 사랑이 사무쳐서
저희 육 남매에게 그 많은 사랑을 주셨는지요
착하고 바른 학생이 되라 하신
여섯 아이가 어언 칠순을 넘겼습니다

일본 학생들을 제치고 수재 학생으로 졸업하고
유능한 금융인으로 성실하게 살아오신 아버지
우리 아버지라 참, 행복했습니다.

엄마의 미소

봄 햇살 따스한
아파트 옆 오르막길

아! 이 향기로움

허리를 펴며 잠깐 올려다보니
담장 너머 무더기 하얀 꽃

화려하지도 않고
수수한 엄마의 미소다

향기만은 봄의 여왕 라일락,
울 엄마가 제일 좋아한 꽃

향에 취해 엄마를 보듯 우두커니…

젊은 시절 그리움으로 번진다
눈물을 훔치며 걷는다

코스모스꽃 편지

하늘공원 억새 물결에 풍덩 빠지는데
규봉암* 가는 길이 생각난다

중심사 계곡 지나 중머리재 장불재가 억새 바다를 이루고
꼬막재 숨깔딱 고개 넘어 기암괴석 입석대는

오색 단풍 너덜경 걸어 걸어
규봉암 바위틈에 약수 받아

단풍잎 띄워주고 마시던
내 귀한 인연들…

코스모스꽃 편지로나
그리움을 실어 보내누나

* 무등산 돌바위에 있는 암자.

장명진

공직 생활 퇴직.
성산2동 주민센터 생활글쓰기반 회원.
성산문학아카데미 회원.

기린의 먹이통

울안에 두 마리의 기린은 평화로이 다정했다
아마도 자웅雌雄인가 보다

큰 키를 뽐내는 거냐 긴 목을 자랑이라도 하듯이
밥그릇 하늘 높이 매달아 놓고
누구도 감히 넘겨보지도 못하게

추켜올린 목덜미로
풀잎을 한 줄기 한 줄기 뽑아 먹는 그 모습은
보는 이의 마음을 갈증 나게 하는구나

한입 덥석 좀 먹어봐라
산책을 하고도 낮잠을 자고도
너만을 바라보는 우리들과 눈을 한참이나 마주하고서도

누가 건드림 없는 너의 먹이통은
여전히 높게만 대롱대롱 매달려 있다

욕되지 않게 살기를

서울 지하철 2호선은 승객이 붐빌 때는 발 디딜 틈이 없다. 그래서 임산부들이나 노약자들이 앉아 가야 할 텐데도 자리가 없어 꼿꼿이 서서 가는 경우가 생긴다. 노인들이 많으니 경로석이 있어도 화중지병의 꼴이 되는 경우가 다반사다.

어느 날 나는 아내와 같이 외출을 하고 다녀오다 강남역에서 지하철을 탔다. 비좁은 틈에도 경로석 바로 앞에 가까이 서 있게 되었다. 그럴 때 대개는 임산부나 노약자가 앉는 것이 순서 아닌 순서가 될 것이다. 이것이 통례라고 생각한다. 그런데 간혹 무례하고 가관스런 몰염치한 노인들을 보게 된다.

지하철을 타고 나서 몇 정거장 지나니 앞에 앉았던 노인이 일어나 한 발짝 문 앞으로 다가갔다. 그럴 때는 너무나 당연하게도 앞에 서 있는 사람이 앉게 마련이다. 두세 사람의 옆이나 뒤에 있는 사람은 앉기 미안하다. 그런데 그날은 뒤편에 있던 어느 할아버지의 극성스런 장면이 연출되었다. "그 자리는 내 거야" 하는 걸쭉한 소리와 함께, 앉으려 하는 사람의 다리를 지팡이로 걷어젖히며 몇 사람을 밀치고 허겁지겁 오는 것이었다.

어이없고 기막힌 노인의 행동을 본 승객들 사이에서 험한 말이 터져 나왔다. 한 승객이 "그러니까 젊은 사람들한테 멸시당

하지. 대접할 필요가 없어. 집에 들앉아 있지 왜 나와서……" 하는 등의 말을 서슴없이 내뱉었다. 한 노인의 잘못이 그 많은 노인들을 욕되게 만든 것이다.

잘잘못은 남이 더 잘 아는 법이다. 앉아 있던 어느 할머니의 "웬 그런 경우가 있어. 앞의 그 할머니도 경로석에 앉을 나이가 됐구먼. 당연히 앉아야지" 하는 말소리가 조용한 차내를 웅성거리게 했다.

그런 광란狂亂스런 짓까지 하면서 앉은 할아범은 한마디 말도 없이 지팡이에 턱을 괴고 눈을 딱 감았다. 그 모습이 내가 보기엔 파리 잡아먹은 두꺼비 눈두덩만 같았다.

그저 다리가 너무 아파서 그렇다며 양해를 구하든지, 최소한 미안하다는 한마디의 말이라도 있었다면 인심은 훈훈했을 텐데 말이다. 무지한 삶을 살아가는 그 할아범에게 비애를 느꼈다.

그런 할아범은 또 있다. 젊은 여성이 노약자석에 앉아 있다면 대개 임산부일 것이다. 노인들이 앞에 와 섰음에도 못 일어나는 심정은 무겁다. 그런데도 다짜고짜 젊은 여성에게 일어나라고 강요하고, 그 여성이 "저 임산부예요" 하니 "걷어봐" 하며 지팡이로 옷자락을 들추는 할아범. 확인이라도 하려는 것이냐. 도대

체 상식이 없어도 그렇게 없느냐 말이다. 나도 그 나이이지만 그런 장면을 볼 땐 참 애석하고 민망스럽기 짝이 없다. 그러니 심지어는 지면에 쓸 수도 없는 표현이 되겠지만 노인네들은 싹 쓸어서 버려야 된다는 말까지 나오지 않았을까.

어쩌면 그 말이 공감이 가기도 한다. 그래서는 안 되겠지만.

나이 들면 고집스럽고 비굴해지며 분별력도 없어진다고 한다. 그들은 젊을 때부터 평생을 그렇게 살다가 늙었을 것이다. 그런 지난날을 보냈어도 이젠 연륜으로 지혜롭게 살아갔으면 한다. 나이 먹었다는 것만으로는 자랑스러운 일이 아니다.

백제의 옛 수도를 찾아서

어느 복지관에서 진행한 부여 역사 탐방의 날이었다.

노인들만 가는 것이라 많은 어려움이 있으리라 생각했건만, 의외로 모이는 장소에 정해진 시간까지 100퍼센트 도착했다.

이른 아침부터 기분이 산뜻했다.

아마 내 기억으로는 초등학교 시절에 수학여행으로 다녀온 후 지금이 처음인 듯싶다. 백제의 고도古都 부여를 간다 하니 우선 삼천궁녀와 낙화암이 떠오른다. 그리고 계백 장군의 5천 결사대와 녹두장군의 동학농민군이 달려가던 산길, 부소산성……. 고등학교 시절 역사 선생님한테 들은 그 기억을 아련히 떠올리게 하는 어느 시인 선생님의 차내 강의가 진행되었다.

어느덧 중간 휴게소에 이르자 젊은 두 남녀 복지사는 안내 방송으로 누누이 강조했던 안전 문제를 우리에게 다시 한번 다짐시켰다. 그러고는 유니폼 조끼를 전원에게 입히고 이름을 크게 쓴 명패를 목에 걸어주었다. 덕분에 화장실을 가는 등 개인행동을 하더라도 그 유니폼만을 찾아서 가면 대열에서 이탈되지 않을 수 있었다. 하기는 노인들이 길을 잃는다든가 조금이나마 불상사가 생기면 그 본인의 불행이야 말할 것도 없거니와 역사 탐방객 40명의 일정을 망치게 되니 그런 준비를 하지 않을 수 없었으리라.

　부여는 백제 26대 왕인 성왕이 공주에서 부여로 수도를 옮긴 후 의자왕 20년, 그 후 멸망할 때까지 123년간 백제의 문화를 꽃 피운 역사 깊은 고장이다. 부여라는 지명이 백제 멸망 이후에도 변하지 않은 채 1500여 년 동안 불리고 있으며, 백제는 고구려, 신라와 함께 한반도 땅에서 고대국가로 삼국시대를 열었던 나 라라는 것은 너무 잘 아는 터였다.

　낙화암에서 내려다보이는 백마강 줄기에 허망한 발상의 전설 이 유래되고 있다는 시인 선생님의 강의는 더위에 오는 졸음을 몰아냈다. 백마강은 공주를 지난 금강이 부여에 닿으면 그때부 터 백마강이라 부른다. 공주부터 약 28킬로미터의 구간이다.

　소정방이 부여를 공격하려 할 때 금강의 용龍이 방해하자 백 마를 미끼로 삼아 그 용을 낚았다고 해서 백마강이란 이름이 붙 여졌다고 한다. 얼마나 허망한 발상의 이름인가. 우리는 그것을 무심코 부르고 있는 것이다.

　부여의 궁남지를 안 보고는 부여를 말할 수가 없다. 백제 무왕 의 탄생 설화가 담겨 있는 마래방죽 약 1만 3천 평, 마침 연꽃축 제의 기간이었다. 그 넓은 방죽이 연으로만 꽉 메워져 핀 모습은 장관이다. 아름답게 자태를 뽐내며 피어오른 연꽃.

점심에는 연잎으로 싸서 지은 연잎밥에 갖춰놓은 반찬을 맛있게 먹었다. 보람된 날인 듯싶다.

낙화암이라 하니 아름답고 화려하게만 들린다. 이곳에는 역사의 숨결이 묻어 있다. 황산벌에서 백제의 5천 결사대가 참패를 당하고 계백 장군도 장렬히 산화하고서 나당 연합군에게 백제의 수도 부여가 함락되자 궁에 있던 여인들은 더 이상 물러설 곳이 없었다. 그리하여 절벽의 낙화암에서 몸을 던져 강물에 순결을 바쳤다.

학생 시절에 다 듣고 배운 것이련만 이 나이에 다시 듣고 현지를 보고 옛날을 머릿속에 그려보니 참 슬펐다. 나라 없는 백성은 슬픈가 보다.

승전지勝戰地를 봤다면 안 그랬을 터인데.

당당한 노후의 삶

젊었을 때는 내 모습도 제법 빵빵했다. 소위 말하는 옷걸이가 좋아서인지 어느 옷을 걸쳐도 멋있어 보였다. 멋있었다.

그런데 지금은 왜 이렇게 됐나 싶다. 옷을 몸에 얹은 듯 남의 옷을 입은 것 같은 느낌. 세월이 그렇게 만드는가 보다. 몸이 수척해지고 뼛골이 깊어졌으니 말이다. 동식물, 아니 만물이 다 그런 듯싶다.

어릴 적에 자란 내 고향 동네 느티나무를 얘기하고 싶다. 아마도 수령이 300년이 훨씬 넘은 듯싶은 고목 느티나무가 이젠 키도 자그매지고 긴 세월 비바람 고난에 중간쯤부터는 고목이 되어 삭아 넘어졌으니 작달막할 수밖에. 밑둥치가 어른 다섯 사람이 팔로 감싸야 손이 겨우 맞닿을 정도이니까 속이 텅 비어 아이들이 들어가 숨바꼭질하는 놀이터가 되기도 한다.

심지어는 볏단을 쌓는 일도 있다.

지금은 수피뿐. 수피가 땅속의 양분을 끌어 올려 남아 있는 가지들의 영양 보급로가 되어주곤 한다. 옛날엔 두툼한 그늘을 만들어주어 지나가는 나그네들의 땀을 식혀주는 쉼터도 되고, 손주를 데리고 나온 할머니들에게 뜨거운 불볕더위를 피하게 해주는 하루의 안식처가 되어주기도 했다. 그늘 아래 깔아놓은 멍

석 위에서 뛰노는 동심은 무한히 즐거웠다.

덕을 베풀던 그 정자나무도 이젠 볼품없어지고 인간에게 베풀 수 있는 여력마저 없이 애물단지가 돼버리고 말았다.

동물 얘기 하나 더 하고 싶다. 가끔 TV 프로그램 〈동물의 왕국〉을 본다. 정글 속의 호랑이나 초원의 사자를 보면 새끼로 태어나서 5~6년여 지나면 몸집이 제법 된다. 사냥도 잘해 먹잇감도 여유롭게 낚아채고 빵빵한 체구와 윤기가 짜르르한 수사자의 목덜미 갈기가 탐스럽다. 약자를 향해 질주할 땐 맹수의 위엄이 대단하다. 아마 이때를 사람의 청장년 시절에 비유할 수 있으리라.

그런데 그런 맹수들도 세월에는 어쩔 수가 없는 모양이다. 그 잘하던 사냥도 굼뜨게 되고 체력이 약해져 뱃구레가 꿀렁꿀렁, 옷털도 후줄근해져 초라한 모습을 하고 있는 것을 가끔 본다.

이젠 내 모습도 그러하지 않은가 본다.

머리카락도 새까맣고 수북이 멋있게 있을 때가 청장년 시절의 모습이었건만 지금은 주변머리만은 꽤 있어도 머리카락이 몇 가닥 안 되는 속알머리는 훤하다.

그렇다 보니 농조의 얘기를 많이 듣는다. 방에 전등불이 꺼져도 환하게 밝혀주겠다는 말을. 그래서 때로는 어둠을 밝혀주는 등불이 되기도. 또 빵빵했던 얼굴 모습도 이젠 세월에 어쩔 수 없이…….

노인이 되어가는 길목에서는 남녀 어느 누구나 다 그런가 보다. 싫다, 싫어, 거울 보는 모습이.

그러나 마음만은 당당하다. 꿈이 있는 한 정년은 없다는데.

당당하면서 유연하게, 그리고 할 수 있는 한 베풀고, 기대하는 마음은 적게 하며, 사랑하는 마음으로 증오심을 내려놓고 지내야 노후 생활이 밝아지고 편안할 것이다.

정영자

2016년《사상과문학》시 등단.
마포문인협회 회원.
성산2동 주민센터 생활글쓰기반 회원.
성산문학아카데미 회장.

노랑 하모니카

넓은 들판에 서 있는
키가 큰 옥수수

바람이 수런거리면
할아버지 닮은 수염이
줄지어 춤을 추고

엄마 치마폭에 안기었던
노랑 하모니카도
사각사각 드르르
소리 맞춰 노래 부른다

즐거운 가족들의 사랑 담은 노래
옥수수밭 여기저기서 한창이다
사각사각 드르르

별소리

적막을 깨뜨리는
전화벨이 울린다

그 짧은 순간에도
반가움에 뛰어가며 생각한다
큰애일까, 둘째일까?
얼른 수화기를 든다

"부자네 떡집이죠?"
엉뚱한 소리에
쿵~~ 하고
내려앉으며 순간, 밀려오는 외로움

그리움만 안겨주고
사라져버린 벨소리, 별소리…

먼 하늘이 야속하다

그때는 알지 못했다
-보고픈 우리 엄마

좋은 옷 맛있는 음식
그것이면 다 되는 줄 알았다

나이 들어 이제 보니
그보다는 외로움이었다

자식이 늘 보고팠다
눈앞에 아른거렸다

몸이 아픈 것도 서글플 뿐
모든 것이 희미하게만 느껴진다

문밖출입도 못 하고 세상 떠난
엄마 생각에 눈물이 볼을 타고 흐른다
지친 날개가 파닥인다
내 귓가에 매달린다
보고픈 불쌍한 우리 엄마

뭉게구름

높고 맑은 가을 하늘에
뭉게구름 둥실둥실 떠 있다

변화무쌍한 자연의 신비에
요술쟁이처럼 구름은 여러 모양이다

엄마구름 따라 오형제구름이 세상 구경을 떠났다
엄마하고 같이 노래하고 춤을 추며 신이 났다

가을 향기 가득한 코스모스 꽃길을 거닐다 보니
흩어져 재롱떠는 아기구름이 귀엽다
그 길에
고추잠자리 한 마리 날아와 꽃잎에 살며시 앉는다

구름의 여정이
인생의 길이라면 참 행복하겠다
구름 같은 여행을 하며 살고 싶다

간이역

아파트 현관 앞에 비어 있는 의자
의자의 주인공은 호랑이 할머니

인사받기를 좋아하고
언제나
문이 반쯤은 열려 있는 집
외로움과 고독을 달래줄
사람을 기다리던 할머니

어느 날인가
사라졌다

지금은 맨발로 가는 길의 간이역인 요양원에 있다니…

빈 의자가 오늘따라 더 커 보인다

정태열

교사 역임, 유치원 원장 역임.
토정백일장 시 부문 입상.
성산2동 주민센터 생활글쓰기반 회원.
성산문학아카데미 회원.

촛불

고요한 마음으로 촛불을 켜고

성모님 앞에 단정히 앉아 묵주기도를 드립니다

간절한 마음과는 달리 쓸데없는 분심이 생겨요

마음을 가다듬고 다시 기도를 드려도

역시 분심은 어김없이 찾아듭니다

허지만 염치없이 청하옵니다. 성모 어머니

　분심 중에 드린 기도이오나 제 기도 받아주시어 주님께 간구
하여주소서

숨바꼭질

달님은 왜 밤에만 나올까
낮에는 어디에 숨어 있을까

어느 때는 둥근달
언젠가는 반달
그리다 만 듯 눈썹처럼 가늘 때도 있네

달님은
왜 자꾸 변할까

오늘 밤은 하늘을 아무리 쳐다봐도
깜깜 깜깜이다

달님이 숨는 날인가 보네
달님은 숨바꼭질도 잘하는구나

5월이 오면

아카시아 향기 속에
뻐꾸기 우는 오월이 오면
하늘은 온기를 보듬고
가만히 내려앉는다

오월이 오면
아득히 흘러가 버린
먼 하늘가를 바라보며
옛날을 산다

내 젊은 날들이
오고
또
온다

꿈

소아과 의사의 꿈으로 마냥 행복했던 내 학창 시절. 지금은 팔십 줄을 바라보는 나이가 되었건만 그 생각만 하면 마냥 행복하고 그때가 그립다. 꿈같은 꿈을 지금도 어루만지며 즐기고 있는 것이다.

아이들을 낳아 기르면서 내 꿈을 펼쳐보려 했다. 딸아이는 선생님을 시키고, 큰아들은 의사를 만들고, 작은아들은 판검사로 키워야지, 하면서 간절한 소망을 담아 기도했다.

내가 도자기를 주물러 빚듯이 잘 주무르기만 하며 내 뜻대로 될 것처럼……

그러나 아들딸들은 자기의 희망대로 자기의 길을 가고 있다. 그 애들이 벌써 오십이란 나이를 향해 달려간다. 내 꿈은 꿈으로 끝나고.

하지만 내 꿈은 지금도 훨훨 날고 있다. 생글거리며 뛰어노는 손자 손녀들을 바라보며 내 자식에게 바라던 꿈을 또 옮겨놓고 있다. 큰손자는 검찰총장을, 작은손자는 한의사를, 외손녀는 선생님을 시켜야지, 하고 자식에게서 못다 이룬 꿈을 손자 손녀들에게 이어가고 있는 것이다. 어떤 때는 '꿈도 야무지지' 하며 피식 혼자 웃는다. 내 자식도 내 마음대로 못 했는데 언감생심 손자 손녀까지. 그야말로 꿈은 꿈이다.

내 꿈은 어디가 끝일까.
손자 손녀를 보고 싶은 것도 꿈의 영역인지 생각해본다. 볼 수도 만질 수도 없는 꿈을 꾸면서도 마냥 즐겁다. 꿈을 꾼다는 것만으로도 젊어지는 느낌이다.

이제 남은 꿈은 하느님과 함께하는 생활이다. 아이들은 아이들대로, 나는 아이들의 짐이 아닌 나의 생을 살고 싶은 바람이다. 자식에 대한 욕심과 큰 희망을 내려놓는다. 마음을 가볍게 하고 "내 인생은 나의 것, 자식 인생은 자식의 것이다"라는 말을 상기하며 편안한 노후를 보내리라 다짐해본다. 간절하게, 정말 간절히! 이 생각을 매일 밤 꿈속에 펼쳐놓을 것이다.

과수원 단상

빨갛게 익은 사과를 보면 어린 시절 과수원을 했던 우리 집이 생각난다.

배꽃, 복숭아꽃, 자두꽃, 사과꽃이 만발했던 4월의 달밤도 그리워진다.

달빛에 비친 꽃들을 보면서 내 마음도 함께 달빛을 타고 훨훨 날아오를 것 같던 꿈같던 그 시절이……

그러나 우리 아버지는 과수원 일이 너무 많아서 날마다 일을 하시느라 과수원에서 사셨다. 꽃이 지고 열매가 열리면 적과를 하고 봉지에 싸고 병충해를 막기 위해 수없이 농약을 치고 한 알의 사과를 먹기 위해 수도 없이 공을 들였다.

끝물 여름쯤에 태풍이 불면 수확을 앞둔 과일이 마구 떨어져 내려 그것을 바라보는 아버지의 얼굴은 말 그대로 사색이 되셨다. 하시반 가을이 깊어가고 과수원 하나 가득 사과가 빨갛게 익어가면 온갖 시름을 다 잊으시고 마냥 흐뭇해하시던 아버지.

"바라만 봐도 배가 부르다"라는 말이 실감 났다. 주렁주렁 매달린 탐스런 빨강 사과를 볼 때면.

긴긴 겨울밤, 어머니께서 "얘들아, 사과 먹으러 안방으로 건너오렴" 하고 부르시면 동생들은 맛있는 걸 서로 먹으려고 야단

법석이 나고 아수라장이 되었다. 그때 그 사과 맛~! 새콤달콤한 사과의 맛이 천상의 맛 같았다. 나이 들어 지금은 아무리 맛있는 사과를 먹어도 그때 그 맛을 느낄 수 없다.

"세월은 장사도 못 이긴다"라는 말이 새삼 와 닿는다.

최도임

드림합창단 단원.
성산2동 주민센터 생활글쓰기반 회원.
성산문학아카데미 회원.

잔치국수

꽃 피고 새가 우는 좋은 계절이 와도
열 평 남짓 국수 가게가 나를 붙든다

나이 육십 중반이면 갈 곳도 많건만
나를 붙잡는 지겨운 애인이다

그래도 어쩌나…
혼신의 힘을 다해
최선의 힘을 다해 내 인생 파이팅

꿈 많던 내 가슴에
한 많은 돛을 달고
국수와 더불어 산다

내 꿈이 이루어지는 날까지
잔치국수는 숨겨놓은 애인

어기여차 은빛 물결

– 하늘공원 억새축제

이름이 억새로구나
억세게 생겨서 그런가 하고 한참을 바라보니

개미허리처럼 가느다란 긴 허리가
만지면 곧 쓰러질 것만 같아
의리 있는 친구들이 서로 등 기대며
너를 보호하는구나

하얀 머리칼을 흔들어
은빛 물결 이루니
눈이 부셔 울렁대는 내 마음

나직하세 기대고 선
익어가는 가을빛 억새 물결

몇십 년을 등 기대고 살아온 노부부

아버지와 한복

그리움에 혼자서 불러보는 아버지란 이름
눈물이 하염없이 흘러내려 내 앞섶을 적셔도
엄마에게 아빠를 내놓으라고 얼마나 울었는지요….
하지만 아빠 모습은 보이지 않고 그 자리는 비워 있어요.

엄마가 나를 안고 젖을 물리면 내 볼에는 물방울이 뚝뚝 떨어
졌어요.
엄마의 피눈물인 줄 모르고 나는 잠이 들곤 했다네요.

늦게야 철이 든 나는
결혼하면 '시아버님'을 '시' 자를 빼고 아버님이라고 불러야겠
다고 다짐했습니다.

내 나이 스물네 살에 한복을 만들어 보고 또 보고,
신장이 제일 큰 치수로 만들어 보면서 아버지~ 하고 한번 불
러보기가 소원이었습니다.

소원이 이루어져 아버님을 만났습니다.

나 같은 사람한테 아버님이라니! 좋아하시는 말씀에
나는 소원을 다 이루고 세상을 모두 얻은 것 같았습니다.

어느 날
스물네 살에 만든 한복이 아버님 몸에 꼭 맞아 서로 부둥켜안
고 울었습니다.
너는 자부가 아니고 내 딸이다,
말씀하시며 피도 안 섞인 네가 이 늙은이한테 잘해주니 참말
로 고맙구나.

때로는 남편이 속을 썩여 우리 이혼할래요 했을 때도, 너는 죽
어도 우리 식구다, 내가 그 애를 혼내주마 하시던 그 목소리.
호사다마라 헷딘가,
아버님의 유일한 친구였던 소가 아버지를 쓰러뜨려 말씀 한
마디 못 하실 때
퇴비로 손톱이 시커메진 손을 붙들고 아버님 아버님 다급하
게 불러보았습니다.
마지막으로 으~응 으~응 신음 소리 내시던 목소리… 지금도

귓가에 쟁쟁합니다.

　생각만 해도 그리운 아버지, 언제나 다시 한번 불러볼까요. 그립습니다.

흑임자 친구 보며

내 손에 잡히지 않던 검은깨 한 알
어느 날 땅에 떨어져 한 포기 모진 더위 이겨내며
하얀 꽃 줄지어 피워내며 날 부르네

만지는 순간마다 여기저기 쏟아내며 이리저리 한 움큼

내가 널 얼마나 좋아하는데
멋있게 맛있게 선보일 때 많구나

널 닮아 나도 여기저기 봉사하며
사는 동안 선하게 살아보련다

힘차게 이기여차 은빛 물결

무거운 삶

스티로폼 피켓 들고 오늘도 향하는 곳
걸음을 옮길 때마다 묵주도 한 알씩
가는 곳, 서울시장 공관 오늘은 뵐 수 있을까?

기대는 하지 말자면서 스스로 다짐하지만
기다리는 이 심정 가슴이 시커멓다

딩동댕 벨 소리에 문 열리며
오셨어요. 노인 양반 경비가 인사한다
"오늘은 만나볼 수 있을까요?"
도리도리 오늘도 또 허탕이다

서울시장 사는 공관 가는 길은 기대 반,
잡생각 떨치고 북촌 땅 밟을 때는 발걸음 바쁘다
하지만 돌아올 땐 한없이 무거운 천근만근 발길이다

무한정 기다림은 삶의 무게 보태준다
언제나 시장님 만나서 억울함 해결하고
가볍게 옛날 얘기 하고 살까…

최순희

성산2동 주민센터 생활글쓰기반 반장.
성산문학아카데미 회원.

낙엽 단상

사각거리는 낙엽 밟히는 소리
그 낙엽 위에 막걸리가 함께하니
힘들었던 나의 모든 것 보이네

세월이 흐르며 드는 생각
추억과 낭만을 우리에게 주는 낙엽처럼

육체는 늙더라도 정신만은 살아서
우뚝 솟아 있는 바위틈 단풍 든 나무처럼
나의 자리 아름답게 가꾸련다

바람

텔레비전을 보는데
수많은 별들이 반짝거린다

별들을 보며
우리 딸 몸속에서
자라고 있는 손주 생각이 간절하다

저 별처럼
세상에 태어나
큰 별이 되길 하는 바람

내 머릿속을
가득 채우니
기쁨이 넘실댄다

당당한 하늘공원 억새

해 질 무렵 한 계단 한 계단 오른다
그 위에는 무엇이 있을까 궁금하여
발걸음을 재촉하며 걷는다
소풍 가는 어린애처럼
마음에는 풍선이 두둥실 떠 있다

힘들게 올라간 그곳에는
불까지 환하게 밝히고서
나를 기다리고 있는 억새들이
내 눈에 환하게 보인다
바람에 몸을 흔들며 반겨주는 억새
거센 바람이 불어오니 흔들리는 내 모습을 보는 듯하다

한여름 뭇꽃들이 뽐을 낼 때 숨죽이며 기다리던 너
이제는 꿈과 희망을 주는 일곱 빛깔 무지개로
꿋꿋하게 몸을 지탱하고 있구나

억새의 본분을 다하고 있는

널 보며

마음이 가냘픈 나도

당당한 하늘공원 억새처럼 불을 밝히리라

김장 배추와 나

넓은 대지 위에
친구들과 나란히 키 재기 하는 배추들

네가 먼저 내가 먼저
누가 먼저 선발될지 초롱초롱 저 눈빛

드디어 한 친구가 떠난다
누군가의 겨울 식탁을 위해

드디어 배추는 차에 실려
어느 집 수돗가에 옮겨지고
배추 옷을 들추며
이것저것 장식한다

배추는 어느새
흰옷 입고 붉은 연지도 찍고
솜씨 좋은 주인을 만나
마지막 자태를 뽐낸다

배추라는 이름으로 태어나
누군가에게 여행을 와서
제 몸을 바친다

나는 누구이고 나는 어떤가,
이 세상 여행 와서 일생을 사는 동안
한 가정에 내 몸을 바쳐 꽃피는 가정 이루련다

나도 달린다

아침에 우연히 창밖을 보니
고가도로를 달리는 차들이 쌩쌩하다

어디로 가는 걸까

뒤도 돌아보지 않고
달리는 차들처럼

나도 달린다
끝이 어디일까 궁금해하며

한승주

화가.
전직 국가공무원.
현 한국가족상담협회 1급 상담사.
(신촌가정상담소 상담사)
2017년《시조미학》봄호 등단.
2016년 토정백인장 시조 부문 입상.
성산2동 주민센터 생활글쓰기반 회원.
성산문학아카데미 편집위원.

햇살 통장

별것도 아닌 일에
상처받는 소심함이

마음의 근력 다해
안 아픈 척 애써봐도

빈말이 휘젓고 간 공터에
나뒹구는 햇살 통장

꺼내 쓸 그 사랑이
내 통장엔 없나 보다

허리가 휘어지는
거목 같은 사랑으로

드리운 그늘만큼의
넓은 품이 되고 싶다

9월이 오면

좁다란 논두렁길
벼이삭 헤쳐가며

이른 아침 안개 속
조용히 걷노라면

이 세상
나 혼자 가고 있다
태초인 듯 아득하다

밭두렁길 들국화
짙은 향기 퍼지는데

외로움 벗 삼아
낯선 바람 맞이하면

가슴에
박혀 있던 돌덩이
은총으로 타버린다

늦여름의 시

장마 지나간 후
하늘이 눈부시다

넓고 푸른 바다도
자신을 내어주고

깊은 산 계곡의 물도
새소리로 반긴다

악착같던 뙤약볕
그림자를 거두고

곡식 익는 소리가
귓가에 들려온다

햇과일 익어가는 향기
천지에 달콤하다

울어대던 매미는
온다 간다 말이 없고

저만치 밀려난
그대 안부 감감하다

울음을 참느라 애쓰던
나의 시가 흐느낀다

어느 날 나의 인생이

귀한 생명 태어나서
여리게 자라났다

가야 할 길 모르는 채
구름을 따라가다

어느 날
나의 인생이
바다 위에 있었다

험한 파도 헤치며
구원의 손길 원해

누군가 다가와서
생명줄 건져냈고

어느 날
나의 인생이

하늘 품에 있었다

어려운 길이지만
좁은 문 들어섰고

고뇌는 감사 되어
복음을 채울 때

어느 날
나의 인생이
나무 아래 있었다

그리움이 말했다

덩굴 속 어딘가에
어린순이 숨어 있다

어린 입맛 달래주던
무공해 간식거리

그 꽃이 사무친 것을
그리움이 말했다

아파트 담장에 핀
찔레꽃 향기 속엔

어머니 가슴 뭉클한
숨결이 숨어 있다

그 젊은 가슴에 안긴
어린 눈빛 숨어 있다

한인숙

서라벌예대 문예창작학과 졸업.
《한국수필》등단. 전직 교사.
저서 수필집『연못을 지고 가는 달팽이』
『글쓴 엄마 그린 딸』.
백미문학, 한국문인협회, 가톨릭문인협회 회원.
성산문 학이기 데미 편집위원.

연꽃밭에서

하얀 연꽃 활짝 핀
커다란 그림 한 점

내 침대 머리맡에
걸어준 딸아이가

어머니 건강하시라고
몰래몰래 그렸단다

암 치료 하고 있는
제 어미 위로하려

기도하는 마음 담아
그려낸 정성 받아

마지막 생명 불꽃을
다시 피워 일으켰다

삼 개월 시한부를
능히 넘어 일어서서

백련 홍련 활짝 핀
연꽃밭에 찾아오니

심청이 환생한 듯이
내 딸이 환히 웃네

청년 동해바다

첫사랑의 설렘을
보듬어 안아주다가

때로는 화를 내며
우르르 밀려와서는

바위를 후려치고는
멈춰 서는 청년 동해

천만 년 지나도
에너지는 생성되어

조각배에 실려 가는
내 삶의 끝자락을

오월의 동해바다 그대여
품어다오 그윽히

언제든지 거기에
서 있는 곳 너, 동해

출렁이며 철썩대도
첫 마음 간직한 채

하늘이 그대로인 듯
내 희망도 이대로

그대여 오월의 동해바다
나도 함께 품어주렴

나의 노래

사랑하는 마음보다
더 좋은 건 없을걸……

노래를 부르고 싶다. 흥얼흥얼 유행가 한 소절이 계속 입안에서 맴돈다. '천만 번 더 들어도 기분 좋은 말 사랑해~~~'

누구를 사랑하나? 대상이 정해져 있는 그런 설렘은 없지만 누구라도 사랑하고 싶은 마음에서이겠지. 스스로에게 말을 걸어본다.

3월이 시작된 첫날인데 봄은 아직 멀었는지 겨울은 끝나지 않고 춥다. 오늘도 온 하루를 집 안에 갇혀 있을 생각을 하니 기분 좋은 노래라도 불러서 흥이라도 돋우어야 할 것 같다.

혼자 부르는 노래이니 음치면 어떻고 박치면 어떠랴.

〈너의 목소리가 보여〉라는 TV 프로그램이 있다. 아마추어 출연자들이 녹음된 노래에 맞추어 립싱크를 하면 모두가 잘 아는 유명 가수가 나와 그들의 입 모양과 제스처를 보며 음치를 찾아내는 프로이다. 마지막 남은 한 사람과 유명 가수가 듀엣으로 노래를 부르게 되는데 음치인지 실력자인지가 가려지는 흥미로운 프로이다. 채널을 이리저리 돌리다가 재방송 시간에 어쩌다가 보면 끝날 때까지 채널을 돌리지 못하게 된다. 노래라는 것은 들어봐야 그 사람이 잘하는지 못하는지 가늠할 수가 있다. 정말 잘 부를 것 같던 사람이 음치인 경우와 못 부를 것 같던 사람이 유창한 실력자인 경우가 있어 희비가 엇갈려 재미를 더해간다.

이 지구 상에 살고 있는 새들의 종류가 8600종이나 된다고 한다. 이 많은 종류의 새들이 저마다 노래를 부르는데 각각 다 다른 소리로 지저귄다나.

어쩌면 우주 만물의 이치가 그리도 신비한지. 사람들의 생김도 목소리도 각자가 다 다르지 않은가.

나도 오늘 한 편의 노래를 흥얼거리며 나만의 애창곡을 만들어본다.

갈 곳을 잃어

애들아
너희들
거기서 뭐 하느냐

불광천
우글우글
모여든 잉어 떼들

어디로
가야 할는지
나처럼 모르느냐

봄이 흐드러지고 있다.

개나리가 노란 군락을 이루고 있는 불광천 변을 걷는다. 비가 내리지 않은 지 여러 날이 지나 흐르는 물의 양이 적다. 물속에서 퍼드덕거리며 잉어 떼가 군데군데 몰려다닌다. 수색교 아래 물이 제법 깊어 보이는 곳에는 무리 지은 잉어들이 더 많다. 아마도 산란기가 되어 한강에서 올라왔는지도 모르겠다. 개천은

88

물살의 흐름에 따라 깊은 곳이 있고 낮게 흐르는 실개천도 있다. 이놈의 잉어들은 깊은 곳에도 있지만 낮은 곳에도 등을 물 밖에 내놓고 힘겹게 개천을 거슬러 오른다. 개나리 군락을 지나자 벚꽃 길이 펼쳐진다. 꽃들이 한창이라 꽃구경 나왔다가 잉어 떼와 만나서 온 신경이 그들에게 가 있다.

어디로 가는 걸까? 저토록 많은 물고기들이 단체로 길을 잃고 헤매는 것은 아닐까? 하느님께서는 창공의 새와 바다의 물고기를 만드시고 창대하게 번성하라고 이르셨다. 그러나 어찌하여 내 눈에 저들은 살아남기 위한 투쟁으로 보이는가?

살아남기 위해서 노력하고 투쟁하는 내 모습이 꼭 저들과 같지 않은가? 아침에 눈을 뜨고 오늘을 허락하신 분께 감사를 드리며 열심히 하루하루를 열어간다.

살아남아서 이토록 아름다운 봄을 다시 만나고 있는 나는 행복하지 않은가? 암 투병도 만 3년이 지나지 않았는가? 내 주위에 함께 살고 있던 암 환자들이 하나둘 하늘나라로 떠나고 없으니 그들의 부재가 더욱 슬픈 현실로 다가온다.

가까운 이웃에 살던 나보다 한참이나 어린 환우가 먼저 떠나가는 모습을 보며 나도 어딘가 몸이 편치 않으면 내 안위가 의심

스럽기도 하다. 물끄러미 잉어들의 노는 모습을 보며 부정한 생각을 거둬들인다. 가야 할 곳을 알 수는 없어도 열심히 헤쳐 나가는 저들을 닮아보자. 화려하게 피어 있는 벚꽃의 수많은 봉우리들에게 웃음으로 화답해본다.

달빛초당을 가다

설레는 마음을 안고 화개를 향하는 우등 고속버스에 몸을 실었다. 선담문학회 첫 번째 문학기행이다. 목적지는 김선희 선생과 친분이 두터운 김필곤 시인이 살고 있는 하동 화개 지리산 자락에 자리한 달빛초당이다. 선생님과 성산동 주민센터 글짓기 반 학생 여섯 명, 일곱 사람이다. 버스는 무심히 속도를 내고 있다. 일찍부터 길을 떠난 우리는 차창 밖에 초록이 무르익어 가는 6월을 맞이하느라 들뜬 마음을 고조시키고 있다.

11시 40분 화개에 도착하니 동자승처럼 해맑은 도인 한 분이 웃는 얼굴로 우리를 맞이한다. 달빛초당 도인께 짐을 맡겨드리고 화개장터를 구경하고 섬진강 재첩국으로 점심 식사를 하였다. 콜택시를 불러서 칠불사로 갔다. 칠불사는 지리산 토끼봉 해발830미터 지점에 위치한 사찰로, 신라 김수로왕의 일곱 아들이 암자를 짓고 수도를 하다가 성불했다는 전설이 있단다.

지리산에서 최고의 심산유곡에 자리 잡고 있어서 신라의 고승을 많이 배출한 사찰이다. 아름다운 사찰 여기저기를 둘러보며 옛 선조들의 정취에 빠져보기도 하고 방글방글 웃으며 기념사진도 여러 장 찍었다.

칠불사를 뒤로하고 내려오는 길에 위치한 달빛초당에 드디어

도착하였다. 택시에서 내리니 바로 길옆 작은 언덕길 위에 아담한 집 두 채가 가로세로로 서 있다. 길 위에 올라서니 잘 익은 버찌가 손만 뻗으면 따 먹을 수 있게 다닥다닥 열려 있다. 다도 시인 김필곤 선생과 부인 달빛가인이 뛰어나와 환대를 한다.

'달빛초당'을 멋지게 새겨 넣은 문패 격의 커다란 바위가 문 앞에 세워져 있다.

왼쪽으로 서 있는 달빛초당을 지나니 시인께서 손수 쌓아 올린 작은 돌탑이 서 있다. 탑 아래쪽에 세월의 풍광을 느끼게 하는 석화가 피어나 있다. 탑의 작은 층 사이에 돋아나 피어 있는 연분홍색의 아주 작은 꽃은 눈길을 뗄 수 없이 애잔하다. 병아리 난이란다. 이름도 너무나 귀엽다. 그 옆으로 항시 흘러내리는 샘이 있고 옆에 벽오동나무가 푸른 줄기를 자랑하며 고고하게 서 있다. '동산정東山亭'이라고 현판이 붙어 있는 자그마한 집 한 채가 있다. 흙과 작은 통나무와 참숯을 넣어 흙으로 채운 황토집이 두 분의 안채이다. 주인 닮아 소박하고 정겨움과 자상함이 묻어난다. 뒤꼍은 대나무밭인데 오죽이 함께 섞여 자라고 있어 더욱 눈길을 끈다.

김필곤 시인은 지리산 문덕산 구폭동천 기슭에다 달빛 차밭을 일구어서 한나절은 밭에서 일하고 저녁에는 달빛 받으며 부인이 끓여주는 차를 마시며 시를 쓰는 도인이다. 수수한 여인 달빛가인은 함께 일하고 억척스레 찻잎 따서 덖고 말리고 일손이 부족한지도 모르고 맡겨진 일을 솔선해서 헤쳐나가는 선녀 같은 사람이다.

이들의 생업은 달빛차를 판매하는 것이다. 찻잎은 4월부터 따기 시작해서 5월 20일경까지 딴단다. 차 한 통을 만들어내는 과정은 커다란 가마솥에서 덖어내기를 세 번 반복한다. 우리에게 선뜻 내어준 황토방인 서재 겸 안방을 장작불로 뜨겁게 달구어서 덖은 찻잎을 말리면 드디어 발효 녹차가 완성된단다. 차 한 통에 7~8천 잎이 들어간다니 그 공이 짐작할 만하다. 물질문명이 발달한 요즈음 전통 방식 그대로를 지켜나가는 달빛 도인의 삶의 방식에 존경심이 우러닌다.

집 뒤의 문덕산에 올랐다. 오르는 중간중간 산골 달팽이밭에는 상추, 가지, 오이, 고추 등 여름 채소가 실하게 자라고 있다. 돌들을 쌓아서 만든 턱 높은 한 층을 더 올라가니 고구마밭이다. 척박하지만 항시 물을 줄 수 있도록 계곡에서 흐르는 물을 호스로 연결하였는지 커다란 고무통의 물이 흘러넘치고 있다. 그 옆에는 연못도 있고 연못 안에는 수련 잎이 제법 피어나 있고 꽃도 피워내고 있다. 굽이를 돌아 한 층 더 올라가니 차밭이었다. 차 따는 철이 지난 차밭에는 잡초와 차나무가 함께 섞여 있는 듯하다. 산 아래 잘생기고 쭈욱 뻗어 올라 있는 커다란 나무에 하얀 동백처럼 생긴 꽃이 많이 피어 있다. 시인께서 노각나무라고 일러주셨다. 지리산에서 어쩌면 가장 아름다운 나무가 노각나무일 것이라고 한다. 조금 더 오르니 멧돼지와 고라니들로 채소밭이 남아나지를 않아서 설치하였다며 열선 울타리가 쳐져 있다. 밤에만 작동한단다. 열선을 넘어서 조금 더 가니 계곡이 나타났다. 작은 폭포가 시원하게 물을 쏟아내고 있다. 계곡에서 인증샷도 찍고 손을 담그고 세수도 하였다. 여기를 봐도 저기를 봐도 너무나 아름다운 곳이다. 올라오는 동안에 만난 야생 수국이 은근히 화려한 보랏빛 자태를 뽐내고 있고 야생 옥잠화의 청초한 모습이 너무나 인상적이다. 건너편 산봉우리를 바라보니 능선이 범상치 않아 보인다. 지리산의 수많은 봉우리 중에서 공작새처럼 보인다 해서 공작봉이란다. 내려오는 길에 넓고 평평한 바위가 마침 평상 같아 보인다. 시인께서 올라앉기를 권한다. 가부좌를 하고 앉아 명상도 하고 시상도 떠올리며 심신을 쉬게 하는

명당자리인가 보다.

저녁 만찬 또한 손수 농사지은 것으로 차려졌다. 고사리나물, 콩나물무침, 도토리묵, 방앗잎전, 아욱국, 깻잎김치, 머위나물, 금방 뜯어 씻은 상추 쌈장까지 달빛가인의 손으로 빚어낸 음식에 몇 끼 굶은 사람들처럼 맛있게 먹었다.

저녁을 먹고 난 후 김 시인과 세미나 형식으로 시문학 강의가 열렸다. 돌돌돌 찻물 끓는 소리로 세미나는 시작되었고, 달빛가인이 끓여준 차의 향기가 가득한 방 안에서 차 맛을 음미하며, 시 한 편을 낭송하고 읽은 시에 대한 감상을 느낀 대로 이야기하며 살아가는 삶의 형태와 모습을, 그리고 철학을, 노래를, 몸짓을 밤이 깊도록 시간 가는지도 모르게 나누었다.

차와 꽃과 책만 있으면 인생이 적막하지 않다고 노래하는 시인. 뜰 안 가득 내리비치는 달빛을 사랑하는 시인. 정원 이곳저곳에 피어나는 야생화들을 관찰하며 시로 읊으며 행복을 노래하는 시인을 어찌 존경하지 않을 수가 있겠는가.

구름에 가려 잠시 얼굴만 내민 상현 반달을 바라보며 우리 모두는 시인이 되어 노래를 불러본다.